《中俄文学互译出版项目·俄罗斯文库》由中国国家新闻出版广电总局和俄罗斯出版与大众传媒署批准，中国文字著作权协会和俄罗斯翻译学院负责组织实施。

少年文学译丛

ДЕВОЧКА, КОТОРОЙ ВСЁ РАВНО

无 所 谓 的 小 女 孩

АЛЬБЕРТ ЛИХАНОВ

［俄罗斯］阿尔贝特·利哈诺夫 / 著

赵振宇 / 译

中国青年出版社

目录

第一章

透过

女孩

之眼

第一眼

我一下子就明白了，她需要从我这儿得到点儿什么。我老早就学会察言观色了：如果人们需要什么的话，他们就会变得非常和善，和善到有点儿虚伪，甚至还会很殷勤呢。有的人会板起脸来装严肃，那可就再糟糕不过了。而那些对你无所求的人，他们的脸是冷漠的，面无表情的。

他们的脸上没有丝毫表情——对你一点儿也不关注（上帝保佑，可千万别关注），没有丝毫兴趣。甚至他们的眼里也没有你，他们是什么都无所谓的人。甭管有你没你，他们全都无所谓。所以防人之心不可无，要打起十倍的精神仔细辨别。用不着担心那些不注意你的人，反而要留意那些聚精会神地看着你、还悄悄对你微笑的人。

衣着光鲜的少女

就是这个人。她穿过院子，微笑着向我走来。打扮得不错——白裤子，白上衣，淡褐色头发，蓝眼睛——简直是个芭比娃娃嘛。看样子，没什么好怕的。可我跟这些大人打过好多次交道了，知道不能对他们有什么指望。

只有受罪而已。

我悄悄地走向房门口——这不算什么，我都没开跑呢。

她叫我："小姑娘！"

我没转身，只是加快了脚步：这儿小姑娘还少吗？

我真恨不得摆脱她，哪怕一会儿也好。可是这时我面前冒出胖胖的、像头母鲸的副院长玛丽万娜，她挡住了路。

"你怎么回事，小姑娘？"她讨好地问，"难道没听见有人叫你吗？"

这个胖婆娘玛丽万娜真是个福星。成天粥啊菜汤啊的狂吃滥喝，可就是记不住我们的姓氏，甚至连名字也记不住。

只好转身了。

相识

"你就是娜斯佳吧？"她问，我感觉她有点紧张。

我仔细看了看她的脸。确实，她尽管笑着，却不知怎么有股奇怪的紧张劲儿。总的说来，她倒不讨人厌。

她有点不自信。

我点点头。

"娜斯佳·白科娃？"

"是黑科娃。"我移开目光看向别处。

"怎么会！"这个衣着光鲜的姑娘差点儿呛住，把名单凑到眼前，然后又猛地放下，问道：

"你开玩笑呢吧？"

"没有，"我回答，"白天我是白科娃。可现在我是黑科娃。"

"可现在就是白天啊？"她惊讶地叫道，不知怎么还有点儿开心。

"哎呀，"我叹气说，"你只是这么感觉而已。"

"看看吧，"母鲸玛丽万娜在我背后低声说，"他们连自己的姓都能改呢。"

"不是改，是搞混。"我不知为何顶嘴。

其实我知道为什么。这是我的"逆反心理"在作怪。

奥莉加·奥列戈芙娜

这时她让我吃了一惊。还是以最简单的方式。

"来，"她说，"咱们认识一下吧。我叫奥莉加·奥列戈芙娜。"

我有点儿发窘。我还从来没碰见过这种名字。奥莉加！还奥列戈芙娜！俩"ao"，俩"l"。听着像"奥—劳—拉"。不知怎么感觉圆滚滚的，让人不习惯。而我们这儿都是些别别扭扭的玛丽万娜、济娜彼得罗芙娜、尼娜斯捷潘娜。

大概是看我有点迟疑，"奥劳拉"连忙解释。

"我在大学心理系念书，"她说，"学校派我来你们这儿实习。我请求他们让我来找你，明白怎么回事儿了吗？"

可这全不顶用。

为什么来找我？怎么，其他人还少吗？

我就这么直截了当地跟她说了。

我简直有点儿喜欢她发颤的样子，像精致的小玻璃杯一样。她的小脸儿微微颤抖起来，大概是因为出乎意料吧。

我就喜欢这个！就喜欢大人紧张的样子。他们跟我说话，却搞不懂我。

也犯不上，用不着搞懂我！

用不着拍我的马屁，想让我信任你们，没门儿！就让你们的指头儿干干净净，保养得宜吧，就奥劳拉的那样。

啊，真想就这么叫她。

可我转身背对着她走向了卧室。

济娜彼得罗芙娜

我坐到床上，尽管这样是不允许的。本该坐到椅子上。可靠墙摆的那一排椅子太孩子气了，像给幼儿园小毛孩儿们的。而我们已经不是毛孩子啦。有上二年级的，有上三年级的。总的说来……

所以我就坐床上了，无所事事地晃着腿。不知怎么，我猜到了，人们还会缠着我不罢休的。

一个值班的匆匆赶来，喊道：

"白科娃，去找院长。"

这我就不懂了。要知道"院长"这个词是阳性的。而我们的济娜彼得罗芙娜分明是阴性的，甚至是婆娘性的。去找她的路上我偷偷笑了：俄语里怎么没有婆娘性呢？要是有岂不更清楚明白些。

济娜彼得罗芙娜是个大块头的婆娘，快赶上玛丽万娜了。但玛丽万娜是头十足的母鲸，头和身子都长到一块儿去了，脖子上还泛着油，我们的副院长看上去就是这么一个庞然大物。而阴性的院长呢，只是有点像而已。她现在还只像头母鲨鱼。露在衣服外面的胳膊让人想起小乳猪，脖子让人想起大香肠，胸是藏起来看不到的火腿，而身子呢……怎么说好呢……总而言之一句话，济娜彼得罗芙娜身下坐着的不是椅子，而是我们的管理员叶罗费耶奇专门给她定制的无靠背大宽凳。

而院长那张脸活像长了眼睛的西瓜，嘴像西瓜上的小洞。

我进门的时候，从这个小洞里传出了低吼：

"什么白科娃、黑科娃！还什么'栗发科娃''红发科娃'！不管你叫自己啥，都得给我去找她！"

她这一通乱喊还挺押韵的呢，简直像首小诗了。这个大块头的女人！

这个大西瓜尖声尖气地哈哈笑起来。她的语气毫无恶意。也许还是带着请求的口吻跟我说话呢。

办公室里没有别人，只有我和胖墩墩的济娜彼得罗芙娜。她这一手儿够狡猾，我是说她刚作的那首小诗。不然，我可能会顽抗到底的。

事实上我只是撇了撇嘴，点点头，出门来到了走廊上。到了那里我才笑起来。

准确地讲，我只是抽噎了一下。

交谈

我走到院子里，又见到了"奥劳拉"。她还站在我刚才转身走开的地方，好像一步也没有动过。那么，院长又是怎么知道"黑科娃"这回事的呢？

我走到这个漂漂亮亮的芭比娃娃跟前，问道：

"你要干啥？"

不知怎么，她哆嗦了一下，请求道：

"我想跟你谈谈。"

"那就谈吧。"我冷淡地答道。

"得谈很久呢，也许要好多天。"

我一点也不惊讶，早就猜到会这样。我忽然很累。

"你是警察局派来的？"

"你这是从何说起？我是个大学生。"

可我不信。这里，形形色色的人来来往往，打听各种各样的事。好像我从没见过这类人似的。

我们穿过孤儿院的院子，绕过淌鼻涕的小毛孩儿和他们的教导员。几个高年级的小伙子跑过我们，傻了吧唧地互相喊着一些不成句的话：

"喂！"

"哎—哎！"

"啊哈！"

这伙滑头，装得像傻瓜一样。

看到他们这副样子，我的小芭比缩成了一团，觉得在这里一点儿也不舒服。她恨不得赶紧从这儿一溜烟跑掉——那就跑掉好了，非缠着我干吗呢？

我们终于在阴凉处找到了一张长椅。她打开手提包，拿出几张纸，摇身一变就成了危险人物。

"那么，你小名叫娜斯佳？大名是阿娜斯塔西娅呢，还是娜斯塔西娅？"

"什么？"我不明白她的话。

"呃，对应你的小名'娜斯佳'有两个不同的大名。"

"不同的大名？"这个想法我蛮喜欢，可我不知道自己的大名，就耸了耸肩，说：

"我无所谓。"

"我会弄清楚的，"奥劳拉说，"待会儿我去查查你的个人档案。"

随后，她不再看材料，迅速把它们包起来，放进手提包里。也许，"包"之所以叫"包"，就是因为能把东西包起来？

"我们就聊聊天好了。"芭比提议说，对我微笑了一下，大约是想讨好我。

可我提防着呢。

"你喜欢什么东西？"她问。

"没什么喜欢的。"我回答。

"哎！"她吃了一惊。"那冰淇淋怎么样？汽水喜欢吗？馅饼呢？"

"我都无所谓。"我说。"给什么吃什么。"

"哎！"她又吃了一惊。"那小猫小狗你总喜欢吧？看见它们你开心吗？"

"有什么可开心的？它们总归是要被赶出我们院子的。它们不应该出现在这里，因为它们身上有跳蚤，会传染各种病。医生不许它们进来，玛丽万娜也不许。她只要吩咐叶罗费伊奇几句，什么猫啊狗啊的就都会消失不见！"

"你看不看电视？喜欢什么节目？电影呢还是动画片？《开心球》你看过吧？"

"看过。"

"怎么样？"

"这片子把我们当傻瓜呢，非逗我们开心，可我们一点儿也不开心。"

"也许你喜欢读点儿什么书？"

"不。"

"为什么？"

"我不喜欢阅读。"

她忽然不小心说走了嘴：

"你能谈谈你的家庭情况吗？"

这就对了。我把脸转向她，疲惫又一次向我袭来。我问：

"你是警察局派来的吗？"

"不是，当然不是！"她叫起来，真是绣花枕头一包草。"我是个大学生。"

"既然是大学生，就别瞎打听。"我面无表情地对她说，不慌不忙地从长椅上站起来，走进屋去。

现在我已经躺在床上了。

见鬼去吧，那个"婆娘性"的院长，她真是一头用鼻音讲话的母鲸，还有她那作息时间表和值班员也见鬼去……

还有那个女大学生。

第二章

透过

少女

之眼

如何是好

心里直冒火。我眯起眼睛，想平静下来，找出原因。

所有的愤怒都是内在的波澜。波澜涌起，铺天盖地、劈头盖脸地向人涌来。或许，波澜涌向的并非头和脸，而是心灵。应该等一等，这波澜会退却的，一般来说都会消失的。

我的怒火当时也消失了。为什么要跟这个难管教的孩子一般见识呢？她连自己的大名都不知道，而这个名字多么好听啊——阿娜斯塔西娅。

总之，我找到了要努力的方向。我的毕业论文题目是"问题儿童"，所以我在城里四处寻找这样的孩子。我的导师说："这个题目用来做学位论文太大了！是大部头的书才会起的题目呢！好好研究！了解这些孩子！概括综合后得出结论！稳扎稳打向前推进！"

于是我就试了试手。阿娜斯塔西娅是头一个。

她的个人档案显示，她是个彻头彻尾的孤儿。

阿娜斯塔西娅的妈妈被同居的人杀了，用现如今流行的话说，被"男朋友"杀了。那人不是她丈夫——她没有丈夫。那人也不是娜斯佳的爸爸，她爸爸的名字无从得知……那人只是男朋友而已……被杀原因至今不详，没能查出来。杀人犯被投入了监狱，而娜斯佳则被送到了孤儿院。

档案上还提到，娜斯佳是凶案的唯一目击者。但她什么都没能讲出来……又能讲什么呢，那是多么可怕的刺激啊。

就这样，她成了问题儿童。

有什么问题？问题出在哪儿？我是为了做毕业论文才来找她的。她的整个故事在论文里只会占一页，至多两页，很可能只占半页。她的故事会被匿名处理，隐藏在一个字母 A 后，A 代表阿娜斯塔西娅，或者字母 N，N 代表娜斯佳。再没别的了。

我们不会再见面了，会把彼此忘掉。当然了，现在不是她需要我，而是我需要她，需要把她的故事刨根问底，写到毕业论文里。

所以你没什么可生气的。娜斯佳只不过是你见的第一个，你以后还得去探听一百个像她这样的小孩子的底细呢，有的比她大，有的比她小，个个都有故事，彼此各不相同，但都有不堪回首的沉重往事。

你能行吗？……

不同的阶梯

我曾想，人生大约可以被喻为许多连在一起又四处散开的阶梯，就像圣彼得堡西郊沙皇郊外离宫彼得戈夫（彼得宫城）里的阶梯那样。或者像凡尔赛宫的阶梯一样。它们呈半圆形上升——异常美观的白石阶梯互相交错、缠绕。很少有人注意到，还有一种侧梯，台阶又高又陡，是给园丁、干粗活儿的人、水管工这类再平凡不过的人走的。还有在地底深处的铁制窄梯，各色人等沿着窄梯上上下下。从前厅是看不到他们的——他们中有的人是组成这一世界所必不可少的，也有的人的存在完全没有任何意义：没人需要他们，他们谁也不属于，被遗忘得干干净净。

圣经上有一句话讲人生，说得很好：**蒙召的多，选上的少**！

看看！这话又该怎么理解：这世上谁是蒙召的，谁又是选上的？

万一那些在污泥中打滚、在黑暗中匍匐、在通向下水道深处的阶梯上挣扎的人中，有一个实际上**不是蒙召的，而是选上的呢**？

有人因自己人生的失败而迁怒于整个世界。他的人生之所以失败，并非因为自身的过失，比如头脑糊涂、颓废懒惰，或是怠于学习、不愿努力、疏于理解，而仅仅是因为时运不济，自己的意志无力掌控命运。那么这个心怀怨怼的人，无论男女，不分老少，如果好不容易见到了给华美闪亮的人生喷泉（像彼得戈夫宫城或凡尔赛宫的那样）供水的水龙头，会把它拧紧吗？

他会干出些什么来呢？

对于那些生活在壮丽辉煌的人生厅堂里的人来说，那在污泥和黑暗中的人被选上，这自然是**大恶**了。

而对于那些生活在黑暗中的人来说呢？他们生活在侧廊上和梯子上，而那梯子也许是木制的，早已腐坏，摇摇欲坠。

要知道，对于他们来说，这就是**大善**了！

我到底是谁

好吧好吧……那你到底是谁呢？你又处在什么位置？你急急忙忙奔向何处？又是为了什么？

这问题蛮不错。

我爸爸曾是飞机试飞员。他没像大多数试飞员那样掉下来摔死。他得以善终。他肯定是无力承担这份工作。妈妈得到了一笔抚恤金来抚养我。抚恤金是因"抚养人去世"而发放的。

看起来，妈妈无法独立抚养我。自然，事实证明也确实如此。于是妈妈去艺术博物馆工作，带旅游团。

她在人生中的位置，准确地说，是在侧梯上。她就算登上宽宽的白石台阶，也只是为了陪伴那些杰出的人，或者那些至少是显赫的人。比如说，招待会上需要个把真正懂艺术的人，而眼下阶梯上这样的人碰巧不够，这时才去找她来。

以前我有姥姥玛尼娅，也就是姥姥玛丽亚。她抛下我们，去世了。这不过是一年前的事！哦，她是我的灵魂，我的良心！我至今都缓不过神来。她对我来说太重要了，不能一带而过。我对她的回忆总是历时长久，我对她的思念总是绵延不绝，而轻描淡写地回忆她对我来说是种大罪过。

可以这么说，我是三个人的孩子：我是爸爸的孩子，他早已去世，只有他善良的品格还在庇护着我们这个全体由女性构成的家庭，那份因"抚养人去世"而发放的抚恤金对我们也不无助益；我也是妈妈的孩子，她每天要带团去好多个博物馆展厅，回家后脱下鞋就筋疲力尽地倒在沙发上。而我们精神上的主心骨和"抚养人"，是玛丽亚，玛尼娅姥姥。

他们三个人关心我的成长，大约是经过慎重考虑，一起做出了一个决定，这决定不以我为转移：我应当在最好的人生阶梯上生活，名副其实地成为自己命运的主人。在那里，一切都那么美丽快活，日子过得无忧无虑。那里不知道也看不见那些侧梯、那些通往下面的小梯子……

他们喜欢我当一个标准的乖乖女。我身材苗条，腿长长的，有一头美丽的褐色头发和一双蓝眼睛。有一次我走在街上，有人骂我是"芭比娃娃"。我哭着回家，我亲爱的玛尼娅姥姥叹了口气，说了下面的话让我高兴，可她自己却一点也不像是高兴的样子：

"小傻瓜，你哭什么？这可能正是你的幸福所在呢。你会非常幸福的。"

她想了想，又补充说：

"如果是外表上的幸福，那就是另一回事了。你要记住这一点。上帝赐给了你美丽的外壳，但使你的内在与外在相称是你自己的事。你要对自己负责，而且不仅是对自己负责。"

于是，我只好接受自己长得像芭比这一事实。但我并不想当芭比，因此我才去念心理系，而且已经念到五年级了。

我在为毕业论文《问题儿童》搜集材料。

我遇到的第一个问题儿童，这个叫阿娜斯塔西娅的小女孩，这个在我的论文中只会作为字母 A 或 N 出现的娜斯佳，让我滚远点儿。

她用大人的语气对我说：

"别瞎打听！"

胖胖的大妈们

碰了钉子后，我在院子里的长椅上坐立不安，之后又不知不觉地来到了院长那里。是我的双腿不由自主地把我带去的，尽管我之前已经去过那里了，还递交了大学给我开的介绍信。他们也已经把娜斯佳—阿娜斯塔西娅当作问题儿童中最鲜活的例子分给了我。

我也不明白自己为什么要去那里。我已经意识到，长得像火腿一样的济娜彼得罗芙娜什么也不懂。她会递上薄薄的一袋个人档案：您请看吧。其他的什么也提供不了。

但最后我还是溜达到她这儿。

大婶和孩子们肯定叫她肉罐头，不会叫别的。要是我是孩子，我也会这么叫，可她的声音像拇指姑娘，和她的块头很不相称。

"怎么样？"这个肉罐头一样的大胖女人用拇指姑娘那种细细的嗓音尖声说，"找到共同语言没有？"

我摇摇头。

济娜彼得罗芙娜叫来了玛丽万娜。当她挤进办公室里来的时候，我被吓到了。她们两个人就把整个屋子填得满满当当，我完全笼罩在她们的身影下。可她们讲话的语气却是友好的，善意的。

"玛丽万娜，"济娜彼得罗芙娜尖声说，"咱们得救救这个大学生！讲讲白科娃的事吧。"

"有啥可说的？"副院长瓮声瓮气地答道。"对我来说他们全都一个样。醒了吃，吃了学，学了再吃，吃完了散散步，散完步做做游戏，做完游戏看看电视，看完电视就上床睡觉！"

"可不！"济娜彼得罗芙娜，这个长得像肉罐头一样的拇指姑娘笑起来，"他们还要在心里念叨说，咱俩是粗人，没上过大学，对心理学也一窍不通！"

"我们可明白着呢！"玛丽万娜瓮声说，"对他们来说最好的心理疗法，就是让他们平静下来，忘记一切。因为他们每个人都有各自的伤心事。"

我饶有兴致地望着她。

"伤心事"这个词是关键所在。

"你是说，伤心事？"我又问一遍。

"从他们那里什么也挖不出来，"济娜彼得罗芙娜打断我，"他们不愿意想起那些不好的事儿。"

"谁愿意啊？"玛丽万娜用低沉的声音说道。"难道你愿意？"她问我。"难道我愿意？"她指着自己丰满的胸脯。"你看吧，这就是心理学。"

"可是，"我请求说，"还是讲讲娜斯佳的事吧。哪怕随便想起来点什么也好啊。"

"她对自己的事闭口不谈，讲起别的来倒是滔滔不绝。"济娜彼得罗芙娜说。

"她很迟钝。"玛丽万娜补充说。"什么都不能让她感到惊奇。她不欢喜，也不忧愁，是个对什么都无所谓的小女孩。嗯！嗯！"玛丽万娜嘟囔道，摆了摆身子。

"你带她去个什么地方走一遭吧！"济娜彼得罗芙娜突然建议说。

"去哪儿？"我精神一振。

"剧院吸引不了她。"济娜彼得罗芙娜沉思着说道。"也许可以去电影院？"

"去博物馆怎么样？"我问。

"恐怕不成。"玛丽万娜表示怀疑。"不过试试也好。刚开始嘛。"

我坐无轨电车回家，路上想着这些胖胖的大妈们。

原来，她们终究还是有两把刷子的，也没那么招人讨厌。

可是她们为什么会那么胖呢？

大概是病了吧？

在家里

晚上，我跟妈妈说好了，明天肯定会带我论文涉及的第一个小女孩去她所在的博物馆。我可怜的妈妈，我那总是疲惫不堪的妈妈，自然同意了。过了一会儿，她问道：

"需要给她看看什么特别的展品吗？"

我沉思起来。妈妈的博物馆，准确地说是妈妈工作的博物馆，我大概去过一千次了。即便这样也不能说对它了如指掌。而对于第一次来这里的人而言，大概就像进了森林一样。当然，他是走不丢的，因为每个展厅都有负责人。但他眼花缭乱、茫然失措却是完全有可能的，因为他已经晕头转向了。参观博物馆，最好还是按一定的主题。比如巡回展览画派——不过光是这个主题就已经是一个完整的艺术世界了。只看一个画家的作品就很好了，或者只看一幅画。

但很少有人有这种天赋，只有那些去博物馆如家常便饭的人才办得到。我刚巧就是这样的幸运儿，因为我妈妈在博物馆工作。

我最喜欢的画是维克多·瓦斯涅佐夫的《阿廖奴什卡》。记得吧？池塘里的夏水泛着黝黑的光泽，一个美丽的姑娘坐在池塘边，若有所思地望着自己的倒影。她在思考什么？又在为什么而忧伤？可思考的、可幻想的有的是。大概她是在为心爱的人发愁？或是在畅想未来？

我跟妈妈说了自己的想法。

"嗯，"她想了想，说道，"画应当教会人们思考。比如，对我来说，《阿廖奴什卡》让我对自己逝去的青春感到惆怅。对你来说呢？"

"对我来说，这幅画是俄罗斯式的纯洁和美好的典范。

我自己也想这么纯洁，这么美好。"

"嗯。那这幅画对娜斯佳来说又会意味着什么呢？你想过吗？"

"没有。"我没过脑子就答道。"但也没什么可担心的。《阿廖奴什卡》是不会勾起什么不好的念头的。"

晚饭后，我和妈妈在阳台上摆好两人份的茶水，一起品茶。

傍晚，当城市安静下来，我们喜欢在阳台上坐一坐，看行人们越走越慢，听孩子们的叫喊声越来越远。我们楼下的街心公园长满树木，黑沉沉的一片，让人觉得十分清凉。夜幕徐徐展开，融入暮色。我和妈妈品着茶，偶尔交换大多没什么意义的只言片语，总是感到很宁静，很愉快。

这一次，妈妈说：

"女儿，不知怎么，我有点儿为你担心。"

"为什么，妈妈？"

"你要带这个小女孩去博物馆，带她去电影院，还

《阿廖努什卡》由俄罗斯巡回展览派画家瓦斯涅佐夫（1848—1926）于1881年创作，现收藏于特列嘉柯夫美术馆。画作取材于俄罗斯民间故事，描绘了一个女孩的悲惨命运。一个乡间姑娘，孤苦伶仃，在幽静的林中池塘边，绝望地遐想。画面极富幻想性，形象感人，惹人爱怜。

要和她交谈，找到你需要的东西。可然后呢？"

"然后？"我重复道，耸了耸肩。"然后我就找下一个。"我迟疑了一下，补充说："下一个问题儿童。"

我没慌，一点儿也没有，因为我之前想过这个问题。没有人要求我做任何事。我要写毕业论文，为此我需要儿童，问题儿童。我不会触碰他们的名字，但我需要触碰他们的命运。触碰之后，转身离开。

但是妈妈问得对。我甚至觉得，借她之口问我的是玛尼娅姥姥，去世了的玛丽亚，我们家的良心所在。

"可我能做什么呢？"我问妈妈。

"就是啊！"她答道，"你能为她做什么？"

第三章

透过
女孩
之眼

博物馆

早上，她又出现了，这个漂亮的奥劳拉还是光鲜亮丽，一尘不染。看来，为了不让我按老样子赶她走，母鲸玛丽万娜特意赶了过来，连济娜彼得罗芙娜也蹿了过来。她俩从两边向我压来，让我无处可逃——往后是墙，往前则是这个芭比模样的大学生。

"你想去博物馆吗？"她问。该怎么回答呢？

"我无所谓。"我说。

"说谢谢啊。"非阳性的院长济娜彼得罗芙娜尖声说。

"你会看到很美丽的画！"大块头的玛丽万娜低声说。

走出大门，她问我：

"我们坐什么车去博物馆呢？坐无轨电车还是公交车？"

"我无所谓。"我答道。

到了博物馆，她对我说：

"既然你看什么都无所谓，那我们就去看看我最喜欢的一幅画吧，好不好？"

"我无所谓。"我回答。

于是，她把我带到了一个空荡荡的展厅。展厅的墙上挂着许多画，画的上方吊着很多小灯，大概是为了让人看得更清楚。展厅中央摆放着两张无靠背的长沙发供人休息。

奥尔加带我走到一幅画前，说：

"仔细看看这幅画，看久一点。它让你有什么感觉？

待会儿我们来讨论。"

随后，她向后退，坐在沙发上，大概是为了更好地看画，也更好地观察我。

我喜欢上了这个阿廖奴什卡。可我以前已经在什么地方见过她了。大概是在巧克力的包装纸上，在他买给我的那一大堆糖果盒子上吧？

但是，什么东西让我想起他，这个东西就让我感到恶心。所以这幅画我没看多久。有什么好看的呢？一个小媳妇儿披头散发地坐在池塘边罢了。她经历的一切我都经历过，只不过我比她要小得多。

我一下子生起芭比的气来。我浑身像被火烧了一样，可能连眼睛也烧红了。她打哪儿知道的？除了我，谁都不知道。妈妈死了，而他坐牢也不是因为我。

我盯着这幅画看了约莫半分钟，转身走向奥劳拉，恶狠狠地瞪着她：

"你给我看这个干吗？"我愤怒地压低声音说。

随后，我在心里嘲笑起这个天真的傻瓜来。

　　她不由自主地微微张开了嘴，目瞪口呆，因为她从没这么莫名其妙过。她的脸红了——她也像被火烧了一样。

　　而我的火已经消了。我已经明白了，她什么都不知道，也不可能知道。只是赶巧了而已。当然啦，我自己也是个傻瓜！

　　这幅《阿廖奴什卡》有什么，我仿佛隐约从中看出了特别的东西？

　　只是突然上来的一股劲儿，如此而已。仿佛什么也没看出。

　　可是芭比已经满脸通红，像田野上烧着了的麦秸，熊熊燃烧，噼啪作响。她一反常态，当然，也对发生的事情一头雾水。

　　她努力试图平复心情，但一点儿用也没有。

　　她只好用僵硬的声音说：

　　"我们走吧！"

　　我们向出口走去。可我不想走！要知道在这个博物馆里有多少好看的画儿啊！有画森林的，有画大海的，而我还没见过大海呢。还有的画上画着几乎全裸的人，跟市澡堂里的人一样什么也不穿。他们互相拥抱，互相亲吻，不过我知道，这种画 16 岁以下的孩子是禁止观看的。

哎，这些大人啊！还禁止观看！要是你们知道我们其实都看过就好了！总而言之，这里漂亮玩意儿多着呢，有好多精心维护的展厅，地板闪闪发亮。我穿着毡鞋滑来滑去，溜来溜去，又惊又喜。我试着像骑马一样一会儿往左蹬，一会儿往右蹬，在擦得锃光瓦亮的镶木地板上滑行感觉，就像是在溜冰！

可她却对我说：

"别淘气！这可是博物馆！"

我差点儿没撞到一个老太太。她急匆匆地赶来拦住了我的去路。可是，原来她拦的不是我，而是女大学生。

"女儿，情况怎么样啊？"她高声问。

"妈妈，别打扰我！"芭比回答。于是我明白了，看来就差那么一点点，我就能认识她全家人了。

可我要别人的妈妈干什么！

我稍微刹住脚步，眼泪涌了出来，可我低下了头，她们俩什么都没注意到。我穿着毡鞋重新在博物馆光可鉴人的地板上滑行——右脚使劲儿就往左滑，左脚使劲儿就往右滑。

我滑到了大理石楼梯前。楼梯像雪白的瀑布，从第三级奔涌到第二级，又奔涌到第一级。沿着这带有大理石栏杆的宽阔楼梯，人们上上下下，来来往往。他们中很多是大人，但也有孩子。

他们都那么体面，那么庄重，也许只是暂时有所收敛，因为他们不是在推推搡搡、挤来挤去的大街上，而是来到了艺术博物馆。这里的画都带着镀金的画框，画框里又有那么多威严的人像盯着他们。在这里互相逗乐、转来转去、大声说笑都是不合适的，而随地吐痰呀舔冰淇淋啊简直就是罪过了。

看见没，他们不慌不忙地走着，慢悠悠地上楼，又慢悠悠地往下走。

　　我忽然从侧面看到，在快到通往外面的楼梯的地方，还有一道楼梯，像是通往地下的一条窄窄的走廊。它朴实无华，没有转弯处，也没有平台，又窄，又陡，又直，也就是说，这是一道便梯。

　　我坐到第一级台阶上。我的芭比稍稍落在后面跟她妈妈说话，但她已经走近了，看到了我。我脱下毡鞋，放在地板上，开始沿着侧梯往下跳。

　　然后我就跳到了街上。

　　街道欢迎我，报我以温暖的阳光、蓝蓝的天空和清新凉爽的空气。我立马大口呼吸着，用力享受着，幸福得喘不过气来。我笑了起来。

　　给人感觉好像我是在笑刚刚走出博物馆的奥劳拉。其实不是的。我向她跑过去，紧紧地贴着她，向她喊道：

　　"别生气啦，我漂亮的芭比娃娃！"

　　又傻乎乎地加上一句：

　　"我能逗你玩吗？"

　　她站住，委屈地说：

“你早就开始逗我玩了。”

她抹去了眼泪。至于吗，她居然还哭了！

水果冰淇淋

起先我们急急忙忙地往公交车站的方向走。我明白了，芭比开不起玩笑，她就不是那号人。她老想躲着我。

那好吧。她不习惯而已。

我也不会勉强她。温暖和煦的阳光让我愉快。我早就学会像开关电灯一样开关阳光了。打开还是关上，要看我心里有多暗。

我们并肩走着，沉默着。

我美丽的奥劳拉走得慢吞吞，一声也不吭。

这时我们路过一家卖咖啡和冰淇淋的小店。那里有很多小桌子，带着大大的遮阳伞。

“你想吃冰淇淋吗？”芭比问我。

我耸耸肩，答道：

"我无所谓。"

说是无所谓，冰淇淋倒是不必拒绝的。

我们坐了下来。她点了两份水果冰淇淋。

噢！我以前多么爱"水果冰淇淋"这个词啊！现在又多么恨它啊！他请我吃的就是水果冰淇淋，想以此来跟我示好，好让我觉得他是我的亲人。

往日的生活又浮现在我眼前，对我迎头痛击。

我过去的日子是一个可恶的拳击手。

我被揍得头发晕，眼发直，拳击手管这叫"短侧拳"，就是说一拳直接打到你的下颌上。

芭比不安起来：

"娜斯佳，宝贝儿，你怎么了？"

一个服务员跑来，浸湿餐巾，敷到我额头上。我觉得凉快了些，苏醒过来。

"你怎么了？"奥劳拉又问，她真的很不安。

我漫不经心地挥挥手：

"大概是癫痫吧。"

"癫痫？"她颤抖了一下。"癫痫是什么意思？"

"你没上过学吗？"我问。我平静了下来，努力摆出一副无所谓的样子。"德米特里王子！在乌格利奇还是哪儿！癫痫发作，倒在剑上就死了！我们院的神父都给我们讲过。"

我沉默了一下，等她坐下，把挖冰淇淋的小勺子放进嘴里。然后我加了一句：

"可这故事是扯谎。他是被杀的。"

我还说出了自己的想法：

"为什么人们要杀孩子？"

奥劳拉失手把勺子掉了，她大声说：

"你说什么人们？什么孩子？"

"唔，"我拉长声音说，"比方说历史上的人们，历史上的孩子。不谈我们现在的。"

我看了看她，这个不知为何需要我的漂亮女大学生，我又一次深深地惊讶了。她完全不懂我，完全无法感受我的心情。

她看着我，目光中没有惊讶，而是满含痛苦。她说：

"娜斯佳，我觉得你好像比我大得多！你说着话，我却不能理解你。你做点什么，我就发慌，因为我不知道该怎么办……跟我解释解释吧！"

"解释什么？"我吃了一惊。

奥劳拉浑身一震。

"哪怕就解释解释刚才在博物馆里发生的事也好。你为什么突然冲我发火？"

"冲你发火？"我很惊讶。

"没错！你到底从那幅画里看出了什么？"

"你难道不明白吗？那个阿廖奴什卡为什么披散着头发？你是怎么想的？"

"那你说为什么？"

"她是为了投水自尽啊！"

这个大学生都快跳起来了！

"为什么要投水自尽？因为什么？"

"为什么婆娘们和姑娘们投水自尽？因为被骗了啊！当一个长头发的女人准备自杀的时候，总会把自己的辫子散开的！"

奥劳拉冲我喊了起来，所有人都转身看我们。

"你打哪儿冒出来的这种想法？你怎么琢磨出来的？为什么这么想啊？为什么？"

"不为什么！"我粗鲁地答道。"你又为什么来带我看这幅画？"

她忽然心平气和地坐了下来，这个奥劳拉。她好像终于等到了这一刻。她问我，不是低声问，也不是小声问，而是声音不大却一字一顿地问我：

"这么说来，这件事你不无所谓了？"

看见没，她好像终于抓住了我似的。可我是条滑溜溜的小泥鳅，从她手心里挣脱了，游走了。我问：

"没有别的冰淇淋了吗？不要水果冰淇淋。我不吃水果冰淇淋。不爱吃。"

奥劳拉的世界

随后我们在城市里漫步。奥劳拉好像完全变了个人似的。

她不再打听我的事，反而讲起自己的事来。

她带我看她以前念的学校。学校很旧，红砖砌成，有四层楼高。很久很久以前，还在打仗的时候，这里不是学校，而是一家医院，伤兵在这里接受治疗。

"在这里治疗，也在这里死掉。"我加上一句。

她很吃惊，问：

"这你怎么知道的？"

我答道：

"我不知道。我是猜的。"

我们继续往前走。奥劳拉说，她上一年级的时候总是写不好字母 O，可是她自己的名字就叫奥莉加，第一个字母就是 O。她写出来的 O 总是不是正方形就是长方形。我们笑起来，我问道：

"你在家里挨打吗？"

"什么，挨打？"她很惊讶。

"嗯，爸爸、妈妈和姥姥他们打你吗？孩子如果总挨打，手就会变粗，然后就写不好字母了。"

"你怎么会这么想？我从没挨过打。我只是写不好圆形的字母罢了，仅此而已。"

这座城市里原来长满了树木，是个一眼望不到头的大花园。我以前都不知道。我把这个新发现跟奥劳拉说了。

"你看看，"她微笑了，"这说明你不是对什么都无所谓。"

而我呢？我完全没想到这个。

对什么都无所谓——这是你伤心的时候才会有的事。当你不知道前往何处。当你觉得死了会更好。或者当你周围一片漆黑，伸手不见五指。

这些我都经历过。

经历过，也依然正在经历。只不过在外人看来，我跟其他人活得没什么不同，我身上什么特别的事也没发生。

是啊，没发生，可实际发生过！只要我一回想起以前的日子，或者什么讨厌的暗示让我回想起它，我就会仰面翻倒，就像……就像……一个"不坚定的锡兵"。[1]

我又算什么兵呢？

看样子，奥劳拉没怎么注意到我，真是谢天谢地。她在回忆自己的事，她的回忆是美好的，不像我的那样。

她告诉我，她那个当飞机试飞员的爸爸怎样手拉着手送她上一年级，大家怎样盯着他看得着迷，因为他穿着神气体面的军官制服，那制服雪白雪白的，肩章上闪烁着金色的小星星，还配有佩剑。奥劳拉解释说，只有海军才有白色制服，而她爸爸是空军，大家都奇怪为什么他会穿着威严的海军制服。其实事情是这样的，她爸爸起初是海军飞行员，当上试飞员后，他海军飞行员的身份得以保留，佩剑也没被收走。

---

1 《坚定的锡兵》是安徒生的一篇著名童话。

"你想想看，"奥劳拉闭上眼睛，兴高采烈地说，"我手上捧着鲜花，我爸爸拿着我的书包，穿着白色制服，挂着佩剑。校长在致辞的时候一直看着我爸爸，真是目不转睛啊。我爸爸受邀带女儿，也就是我啦，第一个走进学校。我的整个小学时代都是在爸爸的保护下度过的。他一直走在我后面保护我，穿着白色制服。就算当他已经不在了……"

奥劳拉轻轻地抽泣了几声。可我没哭。

我没什么人可哭。

要是我也讲讲我第一次去上学的情形，我会号啕大哭的。当时我孤零零一个人，没爹也没娘。准确地说，我那时不是一个人——我们像一群小羊羔似的被赶了来，男孩子们头发剪得整整齐齐，女孩子们则戴着用一条长发带做成的蝴蝶结，那根长发带被剪成很多条，需要系多少蝴蝶结就剪多少条。

黄色的大客车载着我们来到学校。学校很快就显得又陌生又冷冰冰的。我们被单独排成一个纵队，又被单独排成一个横队。我们站在人群的边上，人群中，小男孩和小女孩们手捧鲜花和大人们混杂在一起。那是他们的爸爸妈妈、爷爷奶奶、姥姥姥爷，个个身着盛装，浑身喷满香水，以至于队列上空出现了讨人厌的秋胡蜂。是蹿得到处都是的香水味儿把它们引来的。

当时我们也有校长致辞，校长是个上了年纪的男人。我们身后站着的则是母鲸玛丽万娜和"阴性"的院长济娜彼得罗芙娜。她们俩都在九月一号这天打扮得漂漂亮亮，浑身上下散发出难闻的香水味，肯定是把一瓶子香水都倒身上了。我们都为她们感到害臊。她们体积太庞大了，其他大人都斜眼瞟她们。还有那些父母双全的孩子，他们不明白我们是些什么人。

首先受邀走进这个挂着个大铃铛的小学的，是一个父母双全的小美人。她打扮得很好看，戴着几个大大的、毛茸茸的鲜绿色蝴蝶结，看上去真像某种罕见的蝴蝶。我们则被客客气气地放进来，走在她后面，身后是其他人。我们刚一走进走廊，就被分成数目不等的两拨人，被带到走廊尽头的两个班级里。而那些父母双全的孩子还在久久地大声喧哗着，吵吵嚷嚷。等到他们也被带到各个班之后，那些家长们又在走廊里大声喧哗，吵吵嚷嚷，对自己的小心肝怎么也宝贝不够。

只有我们没人疼没人爱。玛丽万娜和济娜彼得罗芙娜进不了班。她们和她们的香水味儿一起留在走廊上。这就是我的入学仪式。

后来，司机瓦夏开着黄色大客车送我们上学，下课后再送我们回来。

二年级的时候我们两个班合并到了一起，成了"孤儿院班"。其他孩子的家长抱怨说，我们发育迟缓，学习吃力，拖了他们心肝小宝贝的后腿儿。

从此以后，走廊的一端就成了我们的地盘。那些父母双全的孩子不愿意来这边。我们也不去他们那边。

只有卫生间这块领土没被占领，人人平等。或许，是因为"拉粑粑"，也只有"拉粑粑"，才是我们大家人人都要干的事？

奥劳拉的世界（续）

这些我只是在脑子里琢磨来着，没跟我漂亮的芭比讲这么龌龊的东西。

我只是从下往上看着她，冲她微笑，还不停点头。

大概她很喜欢我这样。她提议说：

"咱们上我家去吧，吃点儿东西，喝杯茶。"

于是我们就到了她家。卧室我只扫了一眼就不看了。不过第二间屋子可真棒！靠墙摆着一架钢琴。我马上请求奥劳拉弹点什么。

她点点头，却转身去了厨房。她让我帮忙摆放刀叉。她家的刀叉跟我们那种硬铝制的、一掰就弯的刀叉可不一样，大概是银子做的，很大，很厚，很沉。盘子则正相反，像羽毛一样轻，不像我们餐厅里的盘子，又小又重，要是给谁迎面来一下，他准能得脑震荡。

脑震荡？我们又有什么脑子呢？大概是猪脑子吧？

总之，我踮着脚尖飞快地跑来跑去——我的鞋在进门的时候脱掉了，因为房间里的地板跟博物馆一样是镶木的。奥劳拉也换上了家常便鞋。而我就光着脚了！这么干真开心！我从没在镶木地板上光脚跑过。大概在柏油路上跑过，当然也在草地上跑过。那时我在森林里也光脚跑过，在发生了那一切之后——那个森林肮脏泥泞，黑魆魆的，伸着千百万条枯树枝。我踩到枯枝上，后来我的腿就变得红肿了，青一块紫一块的……

我又感觉很难受。仇恨和恐惧再次向我袭来。我又摇摇晃晃起来，咕咚一声倒了下去，手里还拿着那个有矢车菊图案的盘子。谢天谢地，盘子没碎，只摔掉了一小块。

芭比跑进屋，看到这一幕后向盘子冲了过去。她抓着盘子，哭了起来，边哭边埋怨，好像谁死了似的。她叫道：

"这是姥姥的盘子！是纪念品！"

我站起身，摇了摇头，问：

"有'瞬间'吗?"

"什么？"她没听懂。

"我是说'瞬间'牌胶水。我们把它粘起来。"

这个漂亮的芭比又一次死盯着我，晶莹的泪珠从她的眼里涌出来。她问：

"你到底是个什么人啊，娜斯佳！"

"还能是什么人？癫痫病人而已，"我答道，"需要治疗！"

"癫痫病人，癫痫病人，"她学着我的样子说，"不过是借口罢了！"

"不是的，"我很诚恳地对她说。为了显得诚恳，需要把眼睛睁得大大的，这样就一切搞定了。"不是的，奥莉加·奥列戈芙娜，我以前从没在镶木地板上跑过，刚才一跑，就想起来我以前在森林里往车站跑的事，你明白吗？我是去找警察。"

她不哭了，盯着我看。

"找警察？"她很惊讶。

"这么说你真的不是警察局的人咯，"我拿问题堵住她的嘴，"现在我可信了！"

我们悄没声儿地把盘子摆好，她用一个同样也很好看的盆子端来没什么油水的菜汤，还拿来了勺子。自然，我出于礼貌喝了一点儿。然后，我们吃了一个肉饼，这让我更开心了。最后，我们坐下来喝茶。

喝过茶后，她才离开我，走向钢琴，说要给我弹柴可夫斯基的《四季》。

她还问：

"你以前听过吗？"

我老老实实地耸耸肩：

"我无所谓。"

我本来想说，她弹什么我都无所谓。什么曲子我听了都开心。可我的话说出来就像白痴一样。

但她还是开始弹了。

而我的心早就开始怦怦乱跳了。因为我看到那些沉甸甸的勺子就打起了主意。

当然，奥劳拉是转身朝向钢琴弹奏的，也就是说，她面对着墙。我伸手去拿勺子，先悄悄把它擦了擦，省得弄脏，然后撩起裙子把它塞进了裤衩里。

现在是夏天，外面很热，可孤儿院是从来不会给我们换夏季裤衩的。我们都穿冬季的。这种裤衩不光腰上有松紧带，下面也有，都快到膝盖了。

这种裤衩谁也不穿。只有我们的"阴性"的院长和母鲸玛丽万娜穿。这我知道，准没错儿，而且大家都知道。也许是因为她们感觉穿这种裤衩很舒服，棒极了，所以才给所有女孩子都搞这种裤衩来穿。

有人试图用剪刀把裤腿儿剪掉，有人抱怨，要求换裤子。但什么用也没有。看来，在我们城里，要不就是在国内的什么地方，有一大堆这种儿童裤衩没处卖。

还真是谢天谢地！因为我要是穿着那种小公主式的衣服，就没地方藏勺子了。勺子会露出来的。

现在这样——刚刚好。

第四章

透过

少女

之眼

诚恳的谈话

我送娜斯佳回家,把她亲手交给了大块头的玛丽万娜。她向我点了点头,跟我谈论了几句炎热的天气,而娜斯佳则匆匆沿着走廊离开了。随后,玛丽万娜出人意料地问我,带着几分好奇:

"怎么样啊?"

我低下头。随后勉强看了看这个大个子女人的眼睛。

"说实话,没怎么样。"

"关于他们的情况,"她精明地说,"说实话就够了。

哪怕说实话讨人嫌。"

但我没提《阿廖奴什卡》的事，没提水果冰淇淋，也没提塞夫勒瓷做的昂贵的盘子。我只提到娜斯佳奇怪的昏厥，提到她有癫痫。

玛丽万娜耸耸肩：

"我们没发现过。"

又来了一个大块头的婆娘，是院长。我不得不再讲一遍。她确认：

"我们没发现过……"

"也许她是假装的？"副院长问。

院长点点头：

"他们总干这种事。什么都想演。都是些大演员呢！"

我回家时在电车里打起盹儿来。这还是第一次。我发觉自己疲惫不堪。尽管我什么也没做，只是跟一个小姑娘散了散步而已。

散步吗？

我自言自语地重复道。

　　我重复妈妈的问题：接下来会怎样？

　　我不知道。

　　毫无疑问，我的毕业论文从娜斯佳身上连一个标点符号也挤不出来了，更别提明确的想法了。

　　这个淘气又荒唐、头发还乱蓬蓬的小女孩！

　　她的童年经历很不幸——是这样没错。但她却一点也不想要快乐！一点也不想改变自己的人生！

　　在毕业论文里关于她的事能写些什么——我完全无法想象。

　　重要的是，说实话，所有这一切跟我又有什么关系？我能改变她人生中的什么？我又能改变自己人生中的什么？我又何德何能，能改写别人的经历，哪怕这个别人只是个小女孩而已？我有这样的权力吗？更何况，我有这样的义务吗？

　　那好吧！我再带她玩一个礼拜。也许两个礼拜。然后呢？我是她什么人？她是我什么人？

　　我们终会分别，"像大海中的两条青鱼一样"，妈妈年轻的时候有过这样的俗话，现在已经没什么人记得了。

我自己的前途尚需安排。我自己的一切目前都还是未知数。这个跟我非亲非故的陌生小女孩，我是顾不上的。

就算我是芭比娃娃吧，像她叫我的那样，那我也是个活生生的芭比，是个有人需要的芭比。而她呢，则是个脏兮兮的灰姑娘，永远不会有童话里的王子来找她。哪怕是因为所有王子都死绝了，跑光了。顺便说一句，我会遇上什么样的王子还要打个大大的问号呢。

我又干吗这么害怕呢？为什么要不安，要跑来跑去，带她去博物馆，又带她回家？做这些是为了什么呢？

我刚进门就迎面碰上了妈妈！

她克制地微笑着，手里拿着塞夫勒瓷做的旧盘子，那是姥姥的遗物，已经被摔掉了一个角。她问：

"你对自己的科学发现满意吗？"

这句评论可真尖锐啊。

夜间显灵

玛丽亚来到我的梦中，我的姥姥玛尼娅。

她披着大大的黑色围巾，向我微笑，朝我点头，还说着什么。可是周围很吵，传来海潮一般的声音，我没听清楚她的话。

我摇摇头，表示没听清，她重复了一遍，从口型来看，她重复的是相同的话。随后喧哗声瞬间就停止了，我听到她说：

"要时刻留心别上当受骗……别总是留意是不是上当受骗了……"

海潮声又重新响了起来。

我醒来，大汗淋漓：天气很热。我问自己：她说的到底是什么——要时刻留心还是别总是留意？

我又睡着了，梦见我在敲一扇门，请求见姥姥一面，我想问问她，她说的到底是什么意思。可没有人来应门。

早上，我跟妈妈讲了姥姥那句奇怪的话。她耸耸肩：

"你马上就要当心理学家了。不是什么随随便便的心理学家，是有毕业证书的心理学家呢。照我看来，心理学这个学科就是关于两个概念的：受骗与不受骗。"

她补充说：

"我们拿那个盘子怎么办呢？那可是姥姥的……"

我去找"瞬间"牌胶水，试图把盘子和摔掉的一角粘在一起，可是没能成功。怎么都不行。

干什么都需要技巧。

妈妈走了，我把这项失败的工作放到一边，开始回想昨天的事。

昨天也是失败的！也无法用胶水粘成一整块儿——真是一堆凌乱不堪的碎片！我忽然想道：最大的碎片就是我自己。于是我尝试着把其他部分粘到这块碎片上，也就是说粘到我自己身上。

现在这块碎片是毕业论文，而毕业论文里要写娜斯佳。

的确，我尝试着把其他事物也粘到自己身上。比如说大学吧！不是它需要我，而是我需要它。毕业证书也是如此。我那关于永远阳光灿烂的阶梯的梦想也是我所需要的。《圣经》上是怎么说的来着？"蒙召的多，选上的少。"

我是谁？蒙召的？还是选上的？二者又有什么不同呢？

姥姥跟我说的那句话又该怎么理解？受骗还是不受骗？

也许，二者其实是一样的？也许，所有这一切其实都彼此相关？

我试图搞清楚。这就是说，蒙召的——那些受邀而来的人。而选上的——少数人。他们同样蒙召，但他们还被选上做某些重要的事。

他们被选上去行动，去传道。

如果回想一下《圣经》，就会发现耶稣——一个特殊的人，是上帝之子。他的门徒就是他选中的人，他们在蒙耶稣召唤而来的人中传耶稣的道。

是这样吗？大概是吧。就是说在普通人中间传道？

害怕受骗……别害怕受骗……

就连圣人们也曾多次受骗。就连耶稣也是。

想想那个关于门徒彼得三次不认主的寓言吧。他向耶稣发誓效忠，但耶稣并不相信，答道："雄鸡尚未报晓你便会把我出卖。"

一般说来，这不能算作自欺的例证。相反，这说明了耶稣的洞察力……

而犹大呢……仅仅为了三十个银币就将耶稣出卖了。

但他们曾在最后的晚餐中与耶稣并肩而坐——他们是他最亲近的人，是对他最忠诚的人，他们信仰他……

结果证明——耶稣并不害怕受骗。他早已预见到叛徒就在自己最亲近的人之中。但是他允许他们出卖自己。他是故意走向死亡的。

别害怕受骗。这是他受难的条件。随后就是升天节。接着是复活节、逾越节。

那么，我也应该这样？不害怕受骗？

看来，应该不是朝我身上粘贴剩下的东西？而是我应该被粘住？为他人忧愁？为旁人服务？要知道这是耶稣的教诲……

如果谈到我，那么我应当操心的不是自己，而是那个娜斯佳。不应是我自己的毕业论文（论文里娜斯佳只会以一个缩写字母的形式出现），而是娜斯佳的命运。

否则我算什么心理学家？

这时一声巨响震耳欲聋。我看了看地板，吓了一跳。姥姥那个塞夫勒瓷的盘子摔得粉碎，那可是在法国做成的盘子啊。

看样子是我不小心用胳膊肘把它扫到了地上。

现在连补都不用补了。

第五章

透过
女孩
之眼

思索片刻

没法多做考虑。早上我冲出院门，那把勺子在我的裤衩里。它一晚上都躺在枕头和褥子之间。我特别担心它被别人发现。是的，我用毛巾把它裹了起来，仔仔细细地包成一包，这样它就不会掉到地板上去了，谁也不会发现它了。早上我再穿上裤衩，把勺子藏在里面。挺沉的。人们怎么能用它来喝汤呢？

早饭后，我冲到院子里的一个偏僻角落。大家都知道，那里有一块脱落的板子。自然，不是完全脱落，只是下面的一个钉子掉了而已,这就够了。把板子往旁边移一点,就可以往外爬了。

那些年纪大一点的男孩子们就这么跑出去买香烟,也有去买啤酒的。人们在电视上叫喊"谁买克林牌"难道是白叫的?他们互相争吵,掷硬币,谁输谁去买。

所以就拿来吧!拿什么来?自然是拿钱来啊!

你要是有点小钱,不管多少吧,你就活得很舒服。能买口香糖!能买罐装的可口可乐!还有各种鸡零狗碎,比如小铁环什么的。

那些大人们,像我们的大块头玛丽万娜和济娜彼得罗芙娜一样,认为我们吃穿不愁,什么都有。

可我们什么也没有!

吃吃饭,喝喝汤,睡睡觉,念念书——这是理所当然的。用来干这种事的钱管够,因为我们花的是公家的。可是能让人精神愉快的东西一样也没有!所以孤儿院的小卖部偷偷摸摸地建了起来。两个高个儿的——格里什卡和米什卡——掌控着小卖部,对它严加管理。就连围墙上那块脱落的板子他们也管。闲人不得放出。

　　要是你需要什么，拿钱来吧，他们会给你买来。自然，价钱要贵一些。可是没人抱怨，那是他们的生意。顺便说一句，没人嫉妒他们，他们把挣来的油水全部抽烟抽掉了，喝酒喝掉了，花在了"克林"牌啤酒上，偶尔再添置些什么别的东西。他们喝掉满满一瓶酒，有时是两瓶，坐在围栏边自己那个秘密洞口旁边的砖上，打着饱嗝，吐着烟圈儿。

　　这就是他们全部的快活事了！这群蠢货，像山羊一样！

　　但是你得入乡随俗，既然跟羊一起生活，就得学羊咩咩叫。我们开始认为手里有钱、能找格里什卡和米什卡买东西的人才算号人物。这样的人不多。八十个人里大概有那么十五个。其他人都是没钱的小人物。况且，孤儿院里的孩子能从哪儿得到钱呢？

　　只有最能干、最机灵的才能给自己搞到点儿东西。为此需要搞清楚状况，就像格里什卡和米什卡说的那样，开动脑筋，找到门路。

我早就想能有点儿钱了。实际上，我现在算怎么回事呢！尽管我刚读完三年级，可我已经十岁了，却还像小毛孩儿一样两手空空，一分钱也没有。

所以这把沉甸甸的勺子简直是意外降临到我身上的好运气。我是这么打算的：早上，趁谁都没想起我的当口，从栅栏上的秘密洞口钻到外面去。

说实话，这是我第一次擅自离开孤儿院外出。我们总是得排成队，总是被汽车接送，一步也不许离队，就跟我们是什么囚犯一样。没有大人跟随就走出围墙——不行不行！绝对禁止！除非是跟着奥劳拉，这是得到特许的。

所以我到了外面后有点慌张。

去哪儿呢？做什么呢？

我盘算好了。第三街区有个汽车终点站。那里总停着许多有轨电车、无轨电车和公交车。旁边当然有各种各样的售货亭和小商店，那里什么都有的卖：白面包啦，啤酒啦，口香糖啦，可口可乐当然也不在话下。那里的人也总是挤得满满当当的。

于是我就蹦蹦跳跳地朝那边冲了过去。

随后我突然想起了勺子，就伸手去掏口袋，把它掏了出来，用报纸包起来。报纸是我事先带出来的，装成好像要打苍蝇的样子。

终点站的上空飘荡着隐隐的喧闹声，烟气缭绕。是羊肉馅饼的香味儿！

我又觉得有点恶心了。当时那个人就是用羊肉馅饼把我喂得饱饱的。我塞了整整三个馅饼，尽管那时候我连小学都还没有上。我是多么喜欢羊肉馅饼啊！吃下去我一下子就觉得浑身暖乎乎、懒洋洋的！

而那个人一直说："好女儿！乖女儿！你还想要什么？"于是我想到了，我想喝啤酒，他也同意了，买了一瓶。我几乎把它喝光了！感觉可真好啊！周围的一切都开始摇摇晃晃了！生活显得那么称心如意，连我也有爸爸了！可他！……

我的上帝！当我站在终点站，闻着羊肉馅饼的香味，想起所有这一切的时候，我居然又想吃它了——我真是个大傻瓜啊！

我开始仔细地观察人群，寻找可能会需要银勺子的人。

那些把肉放在铁条上转来转去的塔吉克人或是乌兹别克人吃饭直接用手，喝汤则直接端起来喝。那些在售货亭里拿着个酒瓶子的俄罗斯大妈们呢？她们可真是些乱叫的母狗，最好不要走太近，不然她们突然大骂起来，你就完了！那边那些形形色色的公交车司机和电车司机呢？他们要银子做什么！他们要的是纸钞，哪怕脏兮兮，黏糊糊，只要是钱就成。他们是苦力！是干粗活儿的，哪怕他们摆出一副威严的指挥官似的神气。

不，这里没有能买银勺子的人！

我忽然看到一个面容和善的叔叔。他已经不算年轻了，胖胖的，显然并不穷。关键是他很累了，正疲倦地向两边张望，这就是说他不会大喊大嚷，也不会骂娘，就算他会把我轰走，也是轻声细语地轰，不动肝火地轰。

我走到他跟前，摆出一副悲伤的表情，对他说：

"叔叔，您买不买银勺子？我妈妈进监狱了，奶奶病得很重，走不动了！她需要吃药！可我们买药的钱不够！她让我来……"

"人为财死……"

真是个奇怪的人，他上上下下地打量着我，从头到脚，又从脚到头，突然轻轻地唱了起来：

"人—为—财—死！"

我差点儿一口水呛住。为了什么财？怎么会死？我真没想到他会唱起来。我明白自己没找对人，正准备逃之夭夭，这个叔叔却冲我非常和善地微笑了一下，让我把勺子拿给他看。

我打开了报纸。

他摇摇头，仿佛跟我一起搞了什么阴谋一般，低声说：

"你还是撒谎了，小姑娘！而且你还在冒险。你带着这个，"他冲报纸点点头，"谁都能把你送警局里去！或者直接给你抢走！"

他沉默片刻，随后补充说：

"要是你没撒谎的话，"他叹了口气，"看见那里没有，在拐角处，有个招牌，上面写着'当铺'两个字。你识字吧？去那里吧，求他们收你的勺子。等你的奶奶有了钱，再回来赎！"

我向后退去。真是一个奇怪的叔叔！他吓唬我，也帮助我。不过好歹他没骂娘，也没跺脚。这就谢天谢地了！

"谢谢叔叔！"我对他柔声说。"谢谢！我这就去那里！"

于是我就去了。我绕过终点站和售货亭，在小街上没走几步，就看到一块黄色的招牌，上面写着一个我不认识的词——"当铺"。

我走了进去。

哦，真让我眼花缭乱！在玻璃柜台上摆放着各种闪闪发亮的东西，就像食品商店里摆着各种香肠一样。戒指呀，链子呀，大钟小钟呀，耳环呀，都闪着金色的光芒，这儿到底有多少？成百上千！这儿还有各种器皿，闪着各式各样的光泽。在另外一个特殊柜台上放着各种小匣子、小盒子和其他东西，看样子是值钱的玩意儿。柜台后方挂着各种毛皮大衣、带翻毛领子的大衣、帽子和其他零零碎碎的东西，都装在大大的玻璃纸袋子里。

柜台后面，在这些值钱东西中间，站着一个肥头大耳的男人，穿着侧面带鳄鱼图案的针织衬衫——这种衬衫很时髦，这个男人打扮得也很时髦，头发梳得光溜溜的。可是他那张脸又红又圆，油光满面。这是那种在菜市场砍肉的人才有的脸。这人是个屠夫，就算他不是干这行的，他内心也是个屠夫。

就是这么回事。

我快步走向他所在的柜台，老调重弹，只不过没再提监狱的事。

"叔叔，我奶奶病得很重，需要买药，可是退休金花完了。她让我把银勺子拿来当，我们回头再来赎。"

他伸出一只棕红色的毛茸茸的手去拿勺子，打量了一下，换了只手拿它，好像拿着的是什么活物一样，他抓着勺子的细颈伸向我：

"这勺子不是银的！"他低声说。"是白铜做的！看见没，勺子上没有成色戳记！你知道有什么区别吗？"

"你说什么？"我尖声说。

"银勺子上是有戳子的——成色戳记的号码。可你这勺子上没有。你看看。"

我看了看，完全不懂是怎么回事。

而他补充说：

"你带护照了没有？你奶奶的护照？"

我摇摇头。

"那就拿上你的勺子走人吧，"他说。但是他没把勺子还我。"否则我只能给你出很低的价钱！"

他用另一只手扔出一百卢布。这是一张纸币。他朝我一扔。

"嗯？"他不是在询问，而是在呵斥。"怎么，要不要？要勺子还是要钱？可不给办手续啊！真受够你们这种人了！"

我当时吓坏了，甚至在那该死的松紧带短裤里尿了几滴。但我还是一把抓起纸币，跑出了当铺。

我的心跳得"像小兔子的一样"。我听说过这种表达方式，尽管我不知道小兔子的心是怎么跳的。大概是扑通扑通地跳，怦怦怦怦地跳吧，就像当时我的心一样。

我快步回到终点站，差点儿绊了一跤。羊肉馅饼的香味儿又一次勾了我的魂。

我走向一个卖羊肉馅饼的叔叔。他有一张外族人的脸。我要了一个。

"使（十）五块。"他说，又怀疑地问："你又（有）钱吗？"

我递给他一百卢布。他马上就换了副脸色，对我有笑模样了。他先递给我几张油汪汪的十卢布票子和几枚五卢布硬币，随后递给我用一小块纸包着的热乎乎的羊肉馅饼。

我走到一旁，咬了一口馅饼。热汤一下子流得两手都是，我只得赶紧把钱塞起来，依旧塞进短裤里。我把钱揉成一团，把硬币也包在里面，然后才腾出手来好好享用这东方美食。

我从路上退到羊肉馅饼摊后面，闻着油烟味儿，大口吃着馅饼。眼泪涌上了我的双眼。

眼泪落到了馅饼上。我咬着馅饼，一口又一口。

吃完后，我号啕大哭起来，自己也不知道为什么哭。也许是因为我遭遇的那些事。也许是因为我自己干下的好事——我偷了一把勺子，为的是吃一个可恶的馅饼。

原谅我吧，奥劳拉！

第六章

透过

少女

之眼

绝望

我刚来得及理清思绪，就命令自己：你想自己的事想得已经够多了，跟自己谈得也够多了，起来去找娜斯佳吧，她说不定已经等你等急了呢!

我兴奋地站起来，拿起扫帚，把打碎的盘子扫干净，并请求姥姥的在天之灵原谅自己。随后，我煮了点儿咖啡准备出门前喝，又伸手到餐具盒里拿勺子，好把糖搅拌均匀……

我一望便知：少了一把银勺子。只少了一把，因为

我们统共只有两把勺子是属于革命之前那个年代的。要
是我们有四把或是六把，我还不会很快搞明白是怎么回事，
可能要过半年才发现。可既然只有两把，那就很清楚了！

我一下子就明白了。可为了以防万一，我还是找遍
了厨房的所有角落。我找了烘干机，我们一般不把勺子
放那里。我又看了看洗碗机下面，也许是不小心掉在了
那里。可我们一家都是有条理爱整洁的人。

我瘫坐到椅子上，震惊不已，委屈万分，觉得自己
受到了极大的侮辱。可是这又是为什么？她又是怎么做
到的呢？是我送她回孤儿院的，可我什么也没注意到。

我再也不想去找娜斯佳了，尽管一分钟之前我还在想，
要赶快去找她，要像姥姥说的那样不怕受骗，如果想成
为"选上的"，就要帮助"蒙召而来的"。

可是根本没人召唤我去任何地方。就连一个不懂事
的小女孩也会骗人，而我只是个完全对人心一窍不通的
傻子。

可是，勺子！姥姥的勺子！她是从列宁格勒带回这

些勺子的。这是大封锁之后幸存的最后一点遗物。其他东西都在那边卖掉了，或是拿去换了别的，只有这两把勺子保存了下来。我们在特别隆重的场合才拿它们招待客人，只字不提它们的历史。这只是表示我们对那些得以使用这些勺子的客人怀有深深的好感而已。

于是……

我不得不站起来，不得不去孤儿院。

我不知道要跟娜斯佳说什么，怎么说。

我只是走进院子，看见了她，停住了脚步。我的泪水夺眶而出。

我，一个成年人，一个马上就要毕业的大学生，本可以摆出严肃的样子去找大块头的院长的。要不然就得自己想出几句话来说……

什么话呢？……说出来又是为了什么呢？……

而我表现得完全像个孩子。仿佛事情不过是一个小女孩儿从另一个小女孩儿手里抢走了一件昂贵的玩具。自然，问题并不在于玩具的价格。这时被抢的一方不会去指责另一方，尽管指责的话在脑海中翻腾不止，嗡嗡直响；她也不会去同情另一方——如果一切都是对方有意为之，难道被抢的人会去可怜对方吗？不，这时应是另外一种情形。

如果良心睡着了，它终将醒来。

但良心能睡着的前提是得有良心。

在良心旁边，和良心站得一样高的还有一个人性的秘密，它能改变一切，修补一切。

那就是怜悯。

良心和怜悯是一对贫穷的朋友，抗拒着最贵重的宝物。它们只听命于两位主人——**爱**和**诚实**。这两位主人并不总是令人感到舒服，有的时候会很严厉，但从不冷酷，从不。

于是我哭了出来，望着娜斯佳，她也哭了。

慢慢地，像犯了错的小兽一般，她走近我，把脸埋入我怀里，喃喃地说：

"对不起，奥劳拉……"

"你说谁？"我惊讶道。

"奥劳拉——奥莉加·奥列戈芙娜。"

我笑了起来。

破涕——为笑。

当铺

娜斯佳求我带她进城。她跟玛丽万娜说好了，一点儿事也没费。在去往终点站的路上，她悄声跟我说了事情的来龙去脉，也就是她为什么需要钱。

她提到了围墙上的秘密洞口，提到了又抽烟又喝酒的格利什卡和米什卡，还提到了他们开的地下小卖部。

"怎么？"我惊讶道，"济娜彼得洛夫娜和玛丽万娜不知道这回事？"

"哈—哈，"娜斯佳并没大笑起来，"她们知道什么？唉！"

出发前，她问我有没有十五卢布。我笑着说，会有的。

随后，她带着严肃的神情撩起身上那件花花绿绿的夏季连衣裙的下摆，我大吃一惊。她下面穿的是一件带松紧带的粉红色短裤，那种样式是人们在战后那段时间才穿的。

而娜斯佳毫不害羞地把手伸进短裤里，掏出一团纸币。那是八十卢布，还有一枚五卢布的硬币包在里面。

"看，"她高兴地对我说，"我只吃了一个羊肉馅饼，花了十五卢布。就在这里，在终点站这儿。"

我们穿行在脏兮兮的售货亭和冒烟的烤羊肉馆中间，经过卖羊肉馅饼的小摊，一个异族的叔叔冲娜斯佳点点头，问道：

"喂！我们家的馅饼好不好吃啊？"

"好吃。"她活泼地答道，仿佛自己在这里常来常往一样。

我们来到当铺。

我是生平头一遭迈进这种地方的门槛。我知道，人们来这里抵押东西换钱，但当铺的人总是故意出低价。不过大概过一个月的光景你可以把东西赎回来，要是不赎，他们就会把东西卖掉。

照娜斯佳所说，他们暂时还不能卖掉姥姥的勺子，甚至也无权把它摆出来出售。但抵押的数额让我很惊奇——只有一百卢布。

当铺里很安静。夏天这里的生活仿佛停滞了一般。柜台后面，在各种破烂什物中间站着一个瘦瘦的姑娘，在东张西望着。

我递给她一百卢布，向她解释昨天娜斯佳的事。可她仿佛是在盯着胶合板看，一问三不知。就好像站在她跟前的不是一个大活人，而是个没有生命的物体。

随后，她面无表情地说：

"收据拿来。"

"什么？"我没明白。

"把收据给我，还有护照。您上来就给我钱干嘛吗！"

可真讲礼貌啊。

"可根本没有什么收据。"我不安起来。"这个小姑娘昨天在您这里当了一把银勺子。"

那姑娘"啪"地一下打开面前一本厚厚的簿子，开始用手指点着查找，随后又"啪"地一下合上，兴味索然地说：

"昨天根本没人当什么勺子。"

我马上听到娜斯佳高声喊：

"勺子就在那儿！"

她用手指拼命戳着玻璃橱窗，我俯下身，看见了我家那把历史悠久的勺子，冲它微笑起来。仿佛它是一个偶然被俘的女囚，终于回到了家人的怀抱。

"你看！"娜斯佳又喊起来。这回她已经不是喊了，而是绝望地、狠狠地大叫："它值一千卢布呢！"

"你们想要点儿什么？"姑娘问道。"这是一把古老的勺子，是打过成色戳记的，看到没，在勺子柄上。"

"昨天还没有戳记！"娜斯佳喊起来。"什么戳记也没有！昨天在这儿站柜台的是个叔叔！带鳄鱼图案的！

是个屠夫！"

她浑身颤抖起来。

"他还说勺子不是银的，"娜斯佳歇斯底里地喊道，"怎么说的来着？他说勺子是'百铜'的！"

"你是说白铜的？"我问。

"没错！他给了我一百卢布。可是现在卖一千了！"

"这是怎么回事？"我转向那个姑娘。"你们这当铺欺客啊？"

"我们怎么会欺客呢？"她骂道。但是她心很虚，她在撒谎，明眼人一看就知道。何况她的眼神游移不定。

"她说的那个男的呢？"我问。"带鳄鱼图案的男的？还是个屠夫？"

"你们在说什么呀！哪儿有什么屠夫。"姑娘耍起赖来。"我可要报警了。"

"那就请便吧，"不知怎么我突然就学会冷冷地说话了，我拿起了手机。"而我要给检察院打。我在那儿有熟人。"

我开始拨号。

那姑娘明白了，我不是在跟她开玩笑。她脸色变白了，说：

"您等一下。"

我合上手机。

"请您理解，我不能只收一百卢布就把它还给您。从来没有这种事。明天那个人来上班……就是'带鳄鱼图案'的那个人，他来上早班，您到时候跟他商量吧。"

娜斯佳点点头同意了，显然，她准备明天再来。她懂什么啊？

而我猜到了——这是她在花言巧语骗我呢。只要我一转身，不用等到明天，勺子就会消失。永远消失不见。谁都永远无法证实任何事。这里是骗子的地盘。如果像娜斯佳说的那样，一个"带鳄鱼图案的屠夫"能骗人，为什么别人就不会骗人？

我身上没带一千卢布，只有五百。

突然，好像受了谁的命令一样，我问道：

"怎么在你们这儿当东西？"

"需要出示护照和要当的东西。"

我把自己的包放在柜台上，从脖子上解下一个带金十字架的金链子。这和那两把珍贵的勺子一样，也是姥姥的遗物，是她受洗时佩戴的。后来姥姥传给了我。这是一个非常非常古老的十字架。

我把它摘下来，递给那个姑娘，问：

"这个您看值多少钱？"

"值两百美元，六千卢布，但我们最多给到两千卢布。"

"就给一千吧！"我说。"这是我的护照。"

我又严厉地补充说：

"可勺子你要还给这个小女孩。"

本来，这个唠叨不休的姑娘应该先给我办手续，付钱给我，再收下赎勺子的钱。可她只是从勺子上把价签撕了下来又把勺子扔给了娜斯佳，就算完事了。

然后突然就出事了！

娜斯佳—阿娜斯塔西娅

娜斯佳开始慢慢倒下。

她用手死死抓着玻璃橱窗，我生平头一次听到了一种可怕的声音——那是指甲划过玻璃发出的……

她的脸一下子变得惨白惨白，像白垩一样，她的眼珠骨碌碌转起来，口吐白沫。

"快点，"我对那个姑娘说。"拿点什么来！拿个棍儿来！"

我知道，在这种情况下需要棍子。那个姑娘吓坏了，从自己那堆破烂儿中拣出一根旧手杖，但看到我狂怒的眼神后，终于还是递过来了一根铅笔。还好是根新的，不是已经削尖了的。我像个地地道道的护士一样，把铅笔捅进了娜斯佳紧咬的牙关，听到它开始发出咯吱咯吱的响声。

"叫救护车！"我喊道。"再来点水。"

就看这个唠唠叨叨的女柜员的了！她丢过来一瓶水，抓起了电话。

"需要氨水吗？"她喊道。我点了点头。（氨水可以治疗晕倒和昏厥。）

可娜斯佳并没有安静下来。她的身体弓了起来，双臂变得僵硬冰凉，敲打着地板。她的身体里发出半是哼哼半是哀号的声音。

我直接从瓶子里倒水给她，安抚她，劝说她，像对小孩子一样，可是毫无用处，这不过是我从书本上学来的一套罢了。

娜斯佳需要医生，越快越好。

忽然，那个当铺的柜员叫了我一声，我转向她。她一言不发，打开我的包，把我的带十字架的金链子、银勺子和手机一股脑儿都放进去，让我看得清清楚楚，明明白白。她扣上了锁。

她向我点点头，说，明白了吗？我全还给你们了。

可我现在可顾不上这些鸡毛蒜皮，因为就在这时当铺的门敞开了，走进一个穿白大褂的女人，身后跟着一个拎着箱子的小伙子，年轻得跟中学生一样。看到娜斯佳，这个女人一句废话也没说，只做了个手势命令小伙子把箱子打开。她从中取出器具，灵巧娴熟地给娜斯佳打了一针。

娜斯佳出了一口长气，她的身体不再僵硬了。

女医生从娜斯佳嘴里取出铅笔，用餐巾擦净她的嘴唇，笑着问我：

"上中学了？"

"已经上大学了。"我回答。

"哦哦！"女医生又笑了。她朝娜斯佳点点头。

"这是您的小姑娘？不过……长话短说，咱们还是去医院吧。"

我们前往医院。我坐在娜斯佳床头旁边的座位上，女医生当然坐在司机旁边，而她的助手，那个小伙子，坐在救护车尾部。

结果我和她单独待在了一起。她苏醒过来，睁开眼睛，首先映入眼帘的就是我。

她说了句什么，我没听清。我在她床前跪下来，跪倒在铁板镶的地板上。

"亲爱的奥劳拉，"娜斯佳对我耳语道，"谢谢你没丢下我！"

"丢下你？"我惊讶道。但她打断了我。

"原谅我吧！他们把勺子还你了吗？"

我点点头。

"那十字架呢？"

我又点点头。

"对不起！"她耳语道。"你连十字架都豁出去当了，可我却那么混蛋！买什么羊肉馅饼……"

我摸了摸她的头，俯下身吻了吻她的前额。

她猛地浑身一抖，我拼命按住她，她才没从担架上掉下来。娜斯佳流泪了，号啕大哭着说：

"你是第一个……妈妈之后第一个亲我的人！第一个！"

我也大哭起来。某种苦涩的、一去不回的失落感忽然在我的体内苏醒过来，尽管我的人生中从未有过任何不堪回首的往事。我和娜斯佳一起哭泣，自己也不知道原因。

娜斯佳微微抬起身，又一次张开双手抱住了我，我就这样听到了她那滚烫灼人的秘密。她讲得十分笨拙，语无伦次，前后矛盾。

娜斯佳的告解

"我的癫痫就是那时候开始的，"娜斯佳对我耳语道，"你明白吗？"

我不明白。

"呃，我妈妈有一个……一个下流坏朋友。我有过很多爸爸。他们都很快就跑得没影儿了。我跟妈妈就没碰见过好事。我们的房子在镇子边上，想去车站得走一段路才能到……后来那个人来了，就是那个下流坯。妈妈很喜欢他，因为他一个劲儿讨好我，带我去城里玩啦，给我买衣服啦，买芭比娃娃啦，买水果冰淇淋啦，还叫我'女儿'呢！

"后来有一次妈妈去车站旁边的商店买衣服。他就抓住了我。你明白吗？这种事人们从来都不讲的。

"我那时就癫痫发作了，是被吓得。我失去了意识，什么都不知道了。可他还不住手。

"这时妈妈回来了，她半路忘了东西回来取。这些我都记得模模糊糊的，好像隔着一层雾气一样。他们打了起来，打啊打。妈妈拿刀捅了他。那个下流坯举起斧子，用斧背朝妈妈头上砍了一下。你明白吗？周围一下子静了下来。我猛地清醒了，连喊也喊不出一声，就急急忙忙去找警察，也就是说，往车站的方向跑。

"路上经过森林，森林里有很多干树枝。我一次次跌倒，又一次次爬起来接着跑。他在后面紧紧追我。后来他不作声了，原来是摔倒了。他可是壮得像头牛一样的。

"后来他被抓了起来，关进了监狱。我则被盘问来盘问去。他们问：这是怎么回事？因为什么？

"妈妈孤零零地下葬了，没有我在身边。他进了监狱。

"他们想利用我再给他添些罪名。可我只一遍遍说：我什么都不记得了。我还说：我有癫痫。

"他们在医院给我做了检查，发现果然是这样。"

娜斯佳—阿娜斯塔西娅（续）

她说的每句话都让我战栗不已。

娜斯佳本来一直搂着我，这时突然变得虚弱起来了。她的双手本来紧紧抓着我的肩膀，这时也放松张开，垂了下来。她的眼珠又转了起来。

"她又发病了。"我转身对那个小伙子说。

他很有把握地答道：

"这是药物在起作用。从现在起她会昏睡一天一夜。

不用担心。"

我把她放回担架上，跟着他们把她一直送到病房里。在那里他们当着我的面给她换上了内衣，包括一条长长的棉布衬衫，一条不怎么干净的短裤（让人想起孤儿院发的那种，只不过没有松紧带），还有一双便鞋。

我亲了亲娜斯佳开始绯红的脸颊，但她没有醒。我去了住院医师的房间，给济娜彼得罗芙娜打了电话，告诉了她事情的经过，还让她记下了填写病史所需的一切信息。

不过娜斯佳在我耳边悄悄说的那件事，是闲纸免记、闲耳免听、闲目免见、闲口免言的。

我回到家，取出自己的所有积蓄，买了一双便鞋、一件衬衣、几条再普通不过却很好看的短裤，其中一条还带着褶边。我还买了一把梳子、几根头绳和其他一些零碎东西，还有一条式样简单又合身的裙子、一双旅游鞋和几双袜子。

我把这些东西都拿到医院。

她还在睡着。

娜斯佳—阿娜斯塔西娅。

不眠之夜

我整个晚上都在说服妈妈。我向她解释说，在经历这一切后，娜斯佳无论如何也不应该再被送去孤儿院了。她需要的是家庭，是抚慰。也就是说要让她慢慢从这不幸的打击中走出来，何况她还有这么悲惨的记忆。

要是能转移她的注意力就好了。让她换一种环境生活，比如说，跟我们一起过，或者离开这里去别的什么地方。

一句话，我委婉地请求妈妈同意让娜斯佳搬过来。她全明白了，答道：

"然后怎么办呢？要知道她会习惯的。你怎么履行对她的义务？你自己的人生才刚刚开始。而我？……不，这不关我的事。"

她陷入了沉思，向下面望着——下面是公园和来来往往的行人。我们此时正坐在自家阳台上，两个人一起，喝着茶，舒适又惬意。如果这里冒出第三个人，冒出娜斯佳，会怎么样呢？

可这多么让人良心不安啊！

明天她就出院了。我当然会去接她，不过不是一个人，而是和济娜彼得罗芙娜一起，照规矩都这么办。

我会与娜斯佳四目相对，会在她眼中看到沉默的疑问。我该说什么？我该做什么？什么呢？

整个晚上我翻来覆去，辗转反侧，天亮前就醒了。我来到玛尼娅姥姥的相片前，低声问她：

"姥姥，我该怎么办？是害怕还是不害怕？我做了些什么？我错了吗？接下来我又该做什么？"

我走到窗台边。

早上的头班公交车和电车正在街上慢慢地行驶着。雨后的清晨，路上的沥青闪着光。被雨水洗过的城市预示着什么新的东西，蕴含着诱人的希望。

妈妈还在睡着。我穿好衣服，轻轻推开门，步行前往孤儿院。

很快就能到，因为统共只有五站地。可我走得很慢，不时在别人家的长椅上坐一坐，然后又穿过人行横道沿着街的另一边往回走。

这种走法让我想起小时候玩的一种游戏。大家伙儿掷骰子，按照自己掷得的数目走，向胜利的终点拼命冲，可是突然那么一下子！你掷到了一个几乎能让你退回原点的数字。这时你只得从头再来，沿着那些骗人的格子一步一步艰难地重新来过。

我那时候根本没想到，整个生活其实也是这个样子的：先向上，再向下，然后归零，重新开始。谁也不知道要重复多少次，因为数字只是掷给你一个人的，而掷的那个人不是你，是别的什么人。

这就是人们常说得偶然。说得浅显点儿，就是算术问题。

走一个街区，退两个街区，再走三个街区，不算人行横道——我就这么迂回曲折地走到了孤儿院。

八点半之前，我待在济娜彼得罗芙娜的办公室里，随后伴着她的哼哼声坐上了一辆黄色的公交车，车上写着"孩子们，注意安全"。

别离还是重逢？

我们要在住院医师办公室里等娜斯佳，神经科的副主任不知该跟谁说话，于是就循例给我们普及了一番什么是癫痫病。

真让人震惊：癫痫发作后病人会睡上很久，食欲还会特别强烈。

"这是一种知识分子病，"他的话让我们很惊讶，"许多伟大的智者都身受癫痫之苦。发作的时候，病人对人类有更清醒的认识。癫痫病患者是一个富有创造力的群体，能取得许多成就，也能做出不同凡响的事来。所以你们跟这个小姑娘打交道的时候一定要多加留心，多多肯定她。"

瞧他说的！

我仔细打量这位医生。他长得普普通通，中等年纪，双眼明亮有神，留着小胡子，没什么显著特征。可他说的话多好啊！

娜斯佳出现在门边。

我以为她会冲向我，发现自己如今有了漂亮衣服后会表现出一丝快乐，哪怕只有一点点也好。可她却瞅瞅我，又瞅瞅济娜彼得罗芙娜，眼神一模一样。她对我们一视同仁，同等对待。

济娜彼得罗芙娜收起病历，我们出来走到街上，向那辆黄色的公交车走去。

如此而已！

此情此景憋得我不由得想透口气。还是老样子，什么变化也没有！我停下脚步，鼻子抽噎着。

娜斯佳忽然拉住了我的胳膊，准确点说，是挽住了

我的肩，还轻轻地握着它。当我转过身时，她用手微微
挡住眼睛，点了点头。

她用颤抖的双唇说：

"走吧！"

重逢还是别离？

我对她说：

"走吧！"

忽然，她对我来说不再是那个过着舒心日子的漂亮
姑娘了，而是一个灰姑娘，一个因为英俊的王子没能找
到她而满心委屈的灰姑娘。

可找到她的是我。这么一个灰姑娘。

可我要她做什么？

她来自另一个世界。那里有阳光，有美丽的阶梯，
像博物馆里的那样。

我心想，我比她要成熟，至少比她有经验。那么我首先要推她一把：走吧，奥莉加·奥列戈芙娜，奥劳拉，芭比——这些名字一起叫——你要幸福。

于是我轻轻地推了一下她的肩膀。

她很听话地向前走去，但很不情愿，好像很痛苦——没关系，我又想——她最终还是会走开的。

但她忽然停住了。

她转过身来。

不是往一侧转，而是向后转。她满脸都是笑容，不过是那种很成熟的、很严肃的笑容，仿佛已经饱经沧桑一般。

她隔着我的头顶问济娜彼得罗芙娜：

"您这里有没有空缺的职位？"

"有的是！"济娜彼得罗芙娜答道。

"能给我发聘书吗？往我学校发？"

"怎么不能！"我们这位嗓音尖细的校长猛地用完美的低音喊道，这可真了不起！随后她又像个婆娘似的呆呆地加上了句："难道你真要来？"

这一刻，我冲上前去，向她，我的小美人儿，奔去。

很可笑，我那条漂亮的新裙子，新裤子，新背心，甚至还有我那双刷了漆的新皮鞋，穿在我身上都咯吱咯吱响起来，要么是因为太新了，要么就是因为我穿上后第一次剧烈运动。

或者就是因为高兴。

我自己也高兴得尖叫起来，抱着奥劳拉的脖子挂在她身上。

"这下你不无所谓了？"她在我耳旁悄悄问道。自然，她正拥着我。

"不了！不了！不了！"我喊道，我尖声嚷，我高声叫。

2009 年 6 月 30 日至 7 月 12 日
于弗努科沃

（京）新登字 083 号

图书在版编目（CIP）数据

无所谓的小女孩／（俄罗斯）利哈诺夫著；赵振宇译．—北京：中国青年出版社，2015.8

（中俄文学互译出版项目·俄罗斯文库．少年文学译丛）

ISBN 978-7-5153-3666-4

Ⅰ．①无… Ⅱ．①利… ②赵… Ⅲ．①长篇小说－俄罗斯－现代 Ⅳ．① I512.45

中国版本图书馆 CIP 数据核字 (2015) 第 185451 号

《中俄文学互译出版项目·俄罗斯文库》由中国国家新闻出版广电总局和俄罗斯出版与大众传媒署批准，中国文字著作权协会和俄罗斯翻译学院负责组织实施。

责任编辑：王钦仁
书籍设计：瞿中华

出版发行：中国青年出版社
社址：北京东四 12 条 21 号
邮政编码：100708
网址：www.cyp.com.cn
编辑部电话：（010）57350507
门市部电话：（010）57350370
印刷：北京科信印刷有限公司
经销：新华书店
开本：870×1240　1/32
印张：3.75　插页：2
字数：60 千字
印数：1—5000 册
版次：2015 年 8 月北京第 1 版
印次：2015 年 8 月北京第 1 次印刷
定价：36.00 元

本图书如有印装质量问题，请凭购书发票与质检部联系调换
联系电话：（010）57350337